HANNAH
MONTANA

HANNAH MONTANA

DISNEY CHANNEL

HANNAH MONTANA

HANNAH MONTANA
DISNEY CHANNEL

HANNAH
MONTANA

HANNAH MONTANA
DISNEY CHANNEL

HANNAH
MONTANA

HANNAH
MONTANA
DISNEY
CHANNEL
© Disney

LOVE
HANNAH
MONTANA

HANNAH
MONTANA
DISNEY CHANNEL
© Disney

HANNAH
MONTANA

HANNAH
MONTANA
DISNEY
CHANNEL

HANNAH
MONTANA

HANNAH MONTANA
© Disney
DISNEY CHANNEL

HANNAH
MONTANA

HANNAH
MONTANA
DISNEY
CHANNEL

HANNAH
MONTANA

HANNAH
MONTANA
DISNEY
CHANNEL

HANNAH
MONTANA

HANNAH
MONTANA
DISNEY
CHANNEL

HANNAH MONTANA

HANNAH
MONTANA
DISNEY
CHANNEL

HANNAH
MONTANA

HANNAH
MONTANA
© Disney
DISNEY
CHANNEL